詩集

追憶の渋谷・常磐寮・1938年

——勇気を出せば、みんなうまくいく

朴　玉璉　著
鈴木比佐雄　監修

コールサック社

朴　玉璉

詩集『追憶の渋谷・常磐寮・１９３８年

——勇気を出せば、みんなうまくいく』

目次

詩集『追憶の渋谷・常磐寮・1938年

——勇気を出せば、みんなうまくいく』

朴　玉璉　著

鈴木比佐雄　監修

序文

韓国と日本の国交が回復して五〇年。半世紀が過ぎた二〇一五年乙未年を迎え、最近よく昔のことが鮮明に思い出される。

特に、東京留学時代（一九三八年）十七歳の頃のことがよく思い出される。我慢できないほどの懐かしさでいっぱいになり、走馬灯のように留学時代の思い出が追憶となって心から溢れて来て、昔の私に戻ってしまうのだ。

初めて見た日本の風景は詩のように美しく、人々は礼儀正しく親切だった。忘れられない切ない追憶が私にはある。

過ぎ去った日々を振り返ると、人生は喜怒哀楽の中に生き、哀しい日があれば必ず楽しい日がやってくるのだと思う。

懐かしさがとても重苦しく感じられ、悲しく、寂しく、大変な時が多かった私の人生だったけれども、生きる意味を見つけ出せない人生に耐えてきた自分にとって、なにげない思い出をノートに書き写すことが一番の慰めであり、生きる力になった。

私は文章家でも随筆家でもない。ただ、この人生の黄昏時に書いた平凡な文は、私の涙を拭くハンカチのように、私を慰め、出逢った人びとへの感謝の気持ちを抱かせてくれる。

人生は悲しいことだけで出来ているのではない。希望の夢を抱いて生きよう。人生の道に迷っても、「勇気を出せば、みんなうまくいく」と信じてきた。そうすれば、幸せは自分のものだ。

この詩集の出版に際し、渋谷・常磐寮の恩師や友人たち、また家族や監修をして下さったコールサック社の鈴木比佐雄氏など皆様に、心から感謝致します。

二〇一五年十月

朴《パク》　玉璉《オクリョン》

1938年4月7日

朴玉璉

序詩　遠き昔の哀愁曲

幼なき身をも　かくまでに
教へたまひしこと思へば
親にもまさる師の君の
深き恵みは忘れめや
忘れめや
定めの業は今日終へて
西に東に別るとも長く
交《むす》びし友人の厚きよしみは
忘れめや　忘れめや
其の昔　友情の花達よ
何処にて咲いて散るのか…と
学窓の時節　希望の歌は
今になりて夢の中にて思へば
遠き昔の哀愁曲になつた

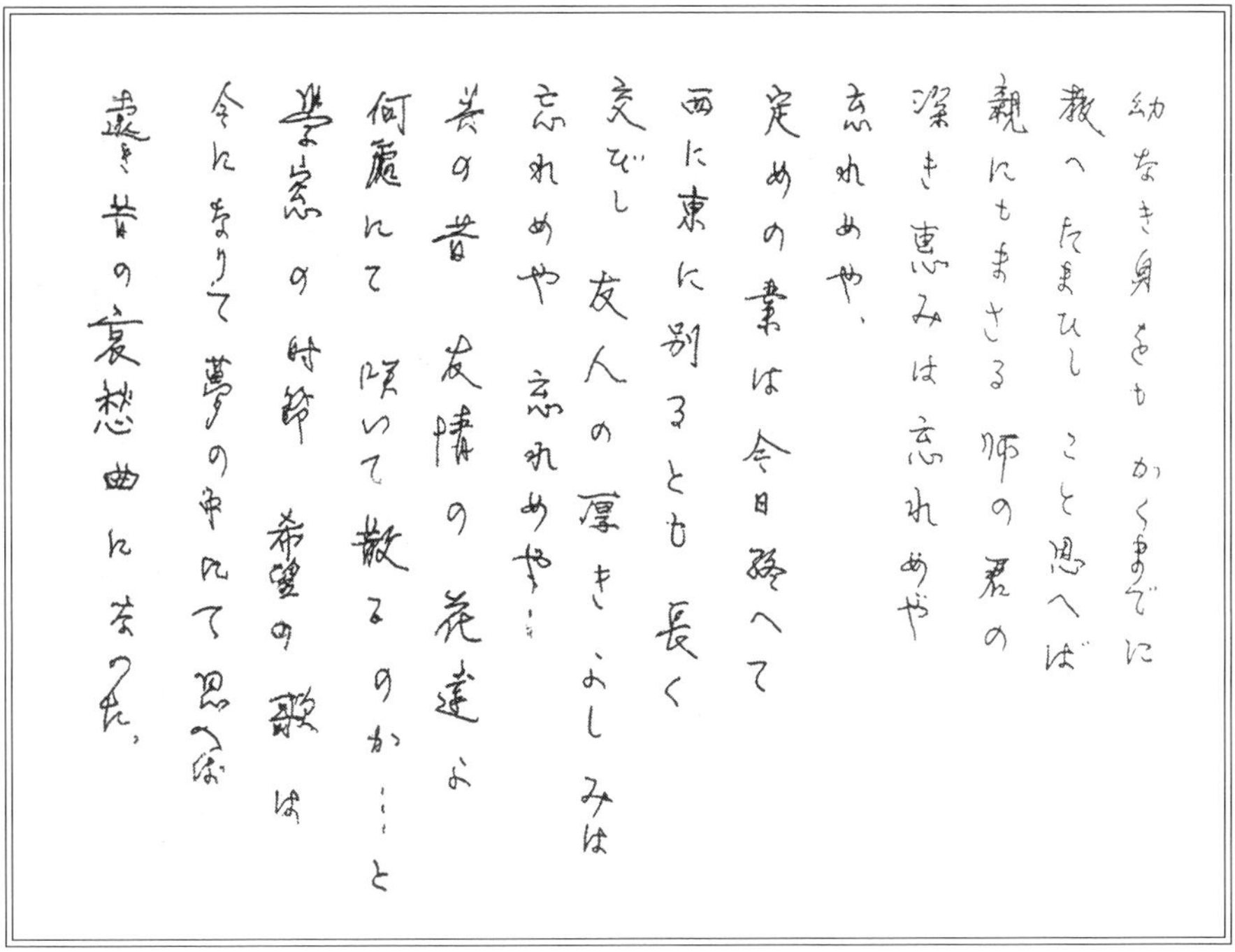
幼なき身をも　かくまでに
教へたまひし　こと思へば
親にもまさる　師の君の
深き恵みは　忘れめや
忘れめや、
定めの業は　今日終へて
西に東に　別るとも　長く
交びし　友人の　厚き　よしみは
忘れめや　忘れめや……
若の昔　友情の　花達よ
何処にて　咲いて　散るのか……と
学窓の　時節　希望の　歌は
今になりて　夢の中にて　思へば
遠き昔の　哀愁曲に　なつた。

※朴玉璉による序詩の手書き原稿

1　連絡船

一九三八年春、家族の切ない涙をあとに
釜山の波止場を金剛丸が出航のメロディと共に離陸した。
八時間余りを玄界灘の荒波にゆられ
ようやく到着した日本国の関門、下関《しものせき》の波止場。
高女を卒《お》えてすぐの十七歳、希望と意志を抱いた幼き乙女は
あゝ、これが隣国の日本国だ。
にじむ涙のまま、小走りで忙しく下船して
直ぐに東京行の汽車に乗る。
すべるように走る汽車の沿道の美しさ！
タンポポがたくさん咲いていた。
春雨の中につづいている田舎の町の風景。
小奇麗に整頓された農家。
異国の珍しい風景に、走る車窓を涙の雨が濡らしていた。

2

憧憬《あこがれ》の東京

留学生でいっぱいの汽車は
立つ瀬もなく立ちんぼうのまま。
夢と希望に燃えながら、二十四時間かけて
憧憬《あこがれ》の東京へと向かう幼き乙女の
印象深い初めての風景が
やがて追憶となり、慰められる。
こんもりした森林が
整頓された農地や農家一幅の絵の如く美しい
日本の文化に驚きながら
憧憬《あこがれ》の都へ、東京（江戸）へと汽車が走る。
いつしか古里の家族が恋しくなって
車窓に涙の春雨が降りつづく。
一昼夜をゆられて東京駅に到着し
長い時間であったと、忘れられぬ追憶になる。

3　常磐寮の先生と友

省線に乗り替え、渋谷駅から徒歩で向かった実践女子大学校の常磐寮。
舎監の村山常子先生の温かい案内で荷物をおろした畳の部屋には
迎えてくれる新しい友人達の親切な配慮があった。
悠長でありながら歯切れの良い日本の言葉を使う学生さん、と
舎監先生が褒めて下さったことも心に刻まれる。
二五〇名の住居である寮内の文化的な設備に驚愕するばかり。
初めて見る水洗式と、ボイラーの機械化や皆さんの礼儀作法に驚いて
済みません、と御免なさい、を常用する言葉遣いが
追憶から懐かしく聞こえてくる。
常磐寮の思い出は、今でも私に安堵感をもたらしてくれる。

4

渋谷の街

山の手線の渋谷に
宮様に縁《ゆかり》の華族の町がある。
綺麗な道路と静かな大通りで
大学の多い町通りは有名であった。
並木の樹木が大きく
日曜の朝は寮の友と散歩にゆく。
大きな樹木は行く人々の歩を止めさせる。
ところどころにベンチがあり
恋しい古里の歌を大声で歌った。
追憶の中に山の手線の渋谷が浮んで
寮の近くにあった華族町が思い出される。
追憶の中で友人が恋しくなって
渋谷の追憶の街並みに、涙ぐむ。

5　渋谷の道玄坂

都の東京は人々であふれ、有名な食べ物が多かった。
渋谷の蜜豆は名物であった。
いつも御客が多い。お汁粉もおいしくて
女子大生の集まる場所だった。
銀座の鰻の蒲焼に、新宿中村屋の「カリントウとインドカリー」。
神田の角帽達は何処へも大勢で、にぎやかであった。
近くの道玄坂では、友人達も姉君達も
日曜日の昼間のひと時を一緒に楽しんでいた。
都の東京は思い出であふれ、おいしい食べ物が多かった。
追憶の街、道玄坂が懐かしい。

6

連判状の手紙事件

思いもよらず常磐寮に、未知なる検事試補からの恋文が到着する。驚いたことに釜山にある検事局試補の金占碩氏の手紙であった。乙女はその手紙を釜山検事局に、「失礼千萬だ」と書いて返送した。すると答弁の返事が届き、初めて見る連判状にて十二人の押印があった。

朝鮮の方は、金容植氏（後に外務長官）、韓鳳世氏（後に大法官）、梁台元判事、外、日本人試補達だった。

文章が卓越で、とても驚いた女大生達の鈴木妙子さん、日野伊勢子さん、牧野さん、長坂さんを合せて十二人が集まり、直ちに連判状の手紙を送る。

数回に渡る手紙のやりとりは舎監の村山常子先生に知られてしまい私達十二人が叱られた手紙事件だった。

後日、村山先生と一緒に釜山の検事長様宛のおわびの手紙を書き、検事長から届いた鄭重なる返信の手紙によって連判状の手紙事件は終わった。

今では笑い話に過ぎないけれど豊かな感性と卓越なる智慧を持ち合わせている女大生達と法院勉強虫達によるラブレター事件。切ないロマンスに満ちている。

7　甘酸っぱい思い出

若い頃の集団ラブレター事件は
長い歳月が過ぎ去った今でも
涙で湿った風のように私の中を通り抜けて行く。
若い判検事達と女子大生達が分かち合った青春の愛。
はかなく虚しい昔話に過ぎないけれど忘れられない事件だ。
寂しく歳月が過ぎ、集団ラブレターの連署が
波のように寄せては引いてゆく。
忘れられない名前を連ねているラブレター事件は
今でも甘酸っぱい思い出として
私の中に鮮明に残っているのに
私にとって、ただ一人の主人公であるあなたは
今、どんな空の下にいるのだろうか。
いつか哀しみに満ちた笑顔で戻ってくるかもしれない。
青春の夫であるあなた。

8　人生の旅路はさびしい

昔の連判状の手紙事件を思い出すと
いつも寂しい涙が流れてくる。
鄭重な手紙を書き送って舎監先生は助けて下さった。
その面影が、恩情が
今でも忘れられないまま
老いてしまった私の心を悩ませる。
東京の青空よ、友人達よ。
追憶は限りなく、涙はあふれてくるばかり。
生まれれば、去りゆくのが人生の法則だもの、と
老いてゆく哀しさを、寂しさを、追憶しつつ慰める。
勉強虫の判検事様達よ
何処で夢見ていることでしょう。

9　追憶の先生達

中年の立派な品位を保つ女性の先生。
むずかしい論理学の講義が大勢の学生の長い緊張の時間であり
むずかしい論理の説明が今も追憶に刻まれている先生。
率直で印象的なのは、倫理先生の講義。
東北弁の、ずうずう弁の心理学の先生は、学生達をよく笑わせる先生だった。
士官出身の硬い教育学の先生は、少し年のいった先生。
ワルツの女王は、体育の女の先生。
外国、外国ばかり言うのは、モダンな洋服を着た女性先生の講義。
一品料理の先駆者の有名な先生の家事料理の講義。
そんな恩師の追憶が心を慰める。

1939年3月10日常磐寮の友人たち　朴玉璉(右)

10　源氏物語

昔の文学を面白く興味深く論じた先生が思い出される。
『源氏物語』は本当に内容が豊かであった。
天皇の子である光源氏と宮廷の女達との恋愛小説であり
日本の古典作品の中で最も有名である。
でも文章は、とても難しい。
紫式部という作家の宮廷物語は、
日本固有の国文学で難しい時間であった。
若さと自立心の女子大生に、忍耐と努力のつらい時間がつづく。
この先生の講義は人気であったのにと、今でも心を痛ませるが
若き日の学窓は尊いもの。
振り返れば価値のある探求の季節だった。
追憶の『源氏物語』の講義は
難しかったけれど特別な印象が残る時間であった。

11　先生の深き恩情

老いを迎えても折々に浮かぶ都の学窓、友人達。
常磐寮の生活は楽しく、幸福だった。
思い出が、過ぎ去る日々を
慰めてくれると同時に、癒してくれる。
常磐寮での経験は、生きることへの愛着を悟らせて下さった。
論理学の先生も、たとえば
都の山の手と下町と言った二元論の論理の説明を聞かせてくれた。
そんな先生の深き恩情を、いつしか忘れることもあった。
涙ににじむ希望の学窓、先生達は
青空のもとにて、いかにお過ごしなのでしょう。
幸福であることをお祈り致します。

12　代々木公園のさわやかな風

朝起きると、寄宿舎の
窓に集まった陽の光が顔を撫でてくれる。
運動場の横にある、この寄宿舎に
近くの代々木公園のさわやかな風が吹くと
樹々の眩しい新緑が
私達の処に押し寄せてくる。
両手を広げ、恋しいあなたの好きだった歌を歌う。
思い出の服で装った大きなユートピア。
そんな夢の国に憧れる。
思い出に執着する気持ちが波のように押し寄せて来たら
少し目を閉じてみよう。
忘れてしまっていた思い出が
いつの間にか、またやってきて
その思い出を噛みしめている私がいる。

13　夕陽の思い出

寮内の運動場のベンチに
夕暮のひと時、わびしいメロディが流れてくる。
昔の思慕と恋慕の涙。
哀れゆかしき歌の調べ。
夕辺はるかに胸に聞けば、心は帰るよ遠き昔に。
あゝ、笑《え》めよや君《きみ》よ。
またもまたも、いざ懐かしき君、笑《え》めよ。
明日《あした》あやなす雲の如く
君が楽しく歌う姿を見れば、心は帰るよ遠き昔に。
あゝ、歌えよ君よ。
またもまたも、いざ恋しき君、歌え。
歌え、歌えよ、永久に。
名残り惜しき、このメロディ。
あゝ、夕陽の思い出よ、若き日のセレナーデよ。

14　異国の友人達

理想の夢も、若さの望みも
皆、黄昏の追憶となる。
繰り返す寂しさは老いてゆくことなり、と
流れ去る江戸・東京の思い出よ。
それでも浮かび来る、都での数々の思い出の懐かしさ。
異国の友人達よ、今、何処の青空に。
いずれの日にか再会出来ることでしょう。
皆様、頑張って下さいね。
人生の残照を、幸福でいて下さいね。
友よ幸あれと、むせぶ涙をしのびつつお祈り致します。

憧憬《あこがれ》の詩の国へ
私の鳩よ、飛んで行け、と
声高く歌いました。

15　人生の黄昏は寂しく、人々が懐かしくなる

慰めの追憶に日々ひたる中で
人生の名残りを痛感する。
多情多感であった若さをたどると、
追憶だけが、この老いの身を慰めてくれる。
昨日も今日も、人生の年月に
気付かぬままに暮らしつづける若うどがいる。
若うど達よ
若さは再び帰り来たらぬ僅かばかりの時間です。
人生の航路が終わりとなりし時に
良き安着を果たすべく
若き黄金の機会を、どうか忘れないで。

16　寂寞《せきばく》

夜、寂寞《せきばく》が訪れると
追憶が走馬灯の如く廻り始めて、心がわびしくなります。
世の流れには、いつも不安の心があるのだからと
歩みを止めて、しばらく休んで行きましょうよ。
去るものは時代に逆らうことなく去らねばならぬ。
そのまま流れてゆけば社会は発展しつづけてゆくのでしょうが
老いの身には、ついてゆけないことが寂しく
懐かしい昔の友、日野伊勢子さん、鈴木妙子さん
この空の下にて私の如く昔を思い返すことでしょうよ。
涙をこぼす夕暮に
声高く呼んでみます。
戻らぬ雄雄《おお》しき追憶よ、懐かしき友達よ。
今日もまた夜がやってきます。

17　夫の姿が

試練の嵐は今夜も止むことがない。
野にも丘にも春のささやき、川の水はせせらぎ
暑き夏も束の間に弓の如く動いて立ち去る。
銃の錆びたる黄昏の秋は寂しい。
夜は長く夜明けは遠い。
恋慕にも思慕にも冬は訪れ
しばし父母の追憶に泣く。
たった一度でいいからと
夫の姿が見たくなるこの寒い夜。
またも聞こえる父の叫び、泣く母の声。
試練の嵐の中、勇気を持って耐え忍べとの言葉が助けて下さる。
追憶は夜が更けても止まずに
雨は、無力なる私を慰労しつつ降りつづく。

18

勉強虫の若人《わこうど》達よ

雨の降る夜は人々が恋しい。
窓辺を降りたたく夜の雨。
幼き娘達は眠りの中の夢の国。
呼べども答えてくれぬ人
彼女達の拉北された父は帰らぬ。
司法界の勉強虫の若人達よ。
月日は流れ去るばかり
北朝鮮のむごたらしい行為は果てしない。
黄昏のあと、私達につづく長い闇の夜。
拉北の多くの秀才達よ
元気でいて下さいと
両手を合わせて勇気をお送り致します。
追憶よ、慰めて下さい長い闇の夜を。

19　学窓のつれづれが

颪と共に去りし勇気よ。
卓越な智慧よ、けわしい時節よ。
寂しき秋の夜は更けてゆく。
友達と古里の懐かしさ、夕暮に戯れている戻らぬ若き夫。
胸に聞けば、とわに忘れぬ姿よ。
またと去り得ぬ都の学窓のつれづれが心を悩ます。
昔の追憶が老いを助け
常に暖き友人達の友情が思い出になる。
皆さん御元気で。
更けゆく秋の夜に両手を合わす。

1941年7月 朴玉璉(右) 朴金璉(左、妹)

20　神田の町

天高く馬肥ゆる秋に
神田の本屋は、せわしい。
特に角帽が雲のように集まり、にぎやかになる。
そのために本を選り取りし、立つ場所もない。
若き夢を燃やし、錦衣に還郷を望みとし
角帽の学生が集合する。
角帽の彼氏達は
今、何処にて出世の日々を送っていることでしょう。
一心不乱の勉強虫達が目に浮ぶ。
角帽の彼氏達が恋しくなり
若き頃の勇気と努力が想起される。

21

新宿の細路

昔の新宿は全く現代式に生まれ変わり
美しい街に発展していた。
古稀の折り、すでに半世紀が流れてしまっていた新宿。
ただ、細路は名物として残っている。
繁昌して、訪ねる人々を驚愕させる街になっていた新宿。
中村屋の「カリントウ」、「カリーパン」、「カリーライス」も
「味のデパート三福」ビルにあった映画館「光音座」も
もはや見ることができない。
初めてエレベーター、エスカレーターを見学した伊勢丹デパートを
わびしい思い出に涙ぐんで眺める。
友人よ、今、何処に。新宿の恋人よ、細路よ。
若き乙女は遠去かり
年老いし女がひとり寂しく歩く、この新宿の追憶よ。

22

銀座の街

古稀の記念旅行で銀座を訪れた。
たくさんのビルや狭い道が、一度に映る小さな窓が絵のように美しい。
暖かい陽の光に新緑の柳の木が若者達を誘って
二人歩けば夢の園、あゝ、銀座に行きたい。
そんな昔の姿を清々しい気持ちで思い出させてくれる日本の名所、銀座の街。

春の衣替えの時に、その年の流行が生み出される街だった。
その年の流行の赤いネクタイに、赤いブラウス。
それから柔らかい柳の木の匂い。若い頃の記憶が懐かしい銀座の街。

銀座には裏道が多い。
蒲焼の鰻がおいしかった店や
休みの日、友達と一緒に散歩した裏道
思い出の場所の数々に、昔が懐かしくなる銀座の街。

23　古稀に訪問した二重橋

人生を生きてきた中で、よく浮んでくる思い出の場所がある。
特に忘れられない場所は皇居のある二重橋だ。
景観は昔とあまり変わっていないが、当時は人々が通り過ぎる時に
皇居の入り口で必ず手を合わせてお辞儀をする日本帝国主義の風景があった。
今でもお年寄りが手を合わせ、祈って会釈して行く様子が目にとまる。
そして日本橋。三越デパートの六階に、有名なパイプオルガンがあった。
あの頃とても珍しい楽器で、美しい音色を奏でてくれた。
日曜日になると恰好の安息所として人気が高く
男子、女子にかかわらず大学生の憩いの場であった。
美しい音楽に酔いしれていると、いつも時間が過ぎるのを忘れてしまい
演奏が終わって我に返ると大慌てで学生寮に走って帰ったことが
霞がかった記憶となって残っている。
私達は、特にグノーのセレナーデにジーンとさせられて
女学生時代の忘れられない思い出の名曲として今でも胸の奥に残っている。

24　日比谷公園

日比谷公園は銀座の近くだ。
有名な音楽ホールのある場所で
遠い国の音楽に憧れていた友人の日野伊勢子さん、鈴木妙子さんと
一緒に再々訪れていた。
桜花が満開の春はにぎやかで、ありし昔を思い出す。
帰りは銀座で鰻の蒲焼、
付出しのきんぴらごぼうと梅干も、忘れられぬおいしさ。
友人と一緒の休日は楽しさでいっぱいだったのだ。
何もわからずの純真《じゅんしん》なる乙女時代のことであり
思えば夢の如き歳月の流れ。
追憶よ、慰めよ
友達よ、とわに幸あれ、と両手を合わす。

25　玉川辺り

渋谷駅近く、玉川辺りは
さざ波の囁く水音に心惹かれて
多くの詩人が来る処である。
川辺りの方向へ、友人と再々散歩に行く。
いつもの如くおむすびを作り
小川のせせらぐ水の音を楽しみながら憩いの散歩道であった。
思い出の恋しさに、古稀の折り訪ねた処だったのに
すっかりアパートの団地に変っていた。
その清きせせらぎも玉川も、何処にか去っていた。
歳月の流れに、しばし心が痛む。
寂しいけれど、文明にしたがうだけだ。
老いの身にとって人生とは、若さを虚しくさせるものなのだ。
友人の追憶が、たまらなくなる。
玉川辺りよ、幸あれ。祈りて寂しき歩みで帰る。

26　隅田川

東京の市街地を悠々と流れる大きな川は
上り下りの舟人が
風流なる詩《うた》を歌いつつ楽しんだ隅田川の面影が浮ぶところ。
それはそのまま下町、浅草の
人々の慰めである隅田川の眺めなのであった。
半世紀を経て訪ねた隅田川は立派な姿に変っていて
現代的に整頓された美しい川となっていた。
遠くに去りし舟人達の
詩が聞こえてくるうららかな隅田川の流れは
重ねられてきた厳しい歳月の流れも同時に囁きかけてくる。
都の友人、日野伊勢子さんが懐かしくなる隅田川。
追憶よ、友人よ。
思索に耽る隅田川の流れに
幸あれと祈りを。

27　静かな街

奈良と京都は住み良い処。
どちらも印象的な街であり、日本の昔の首都であった。
奈良には工場が無く、静かな旧都である。

京都は大路が多く、美しく静かな処。
歴史的な仏都で、寺院が多い。
教育都市としても有名であり、林の中にある清水寺が有名な処。

奈良と京都は旅行者に歴史を感じさせる処。
古典的な印象を、惜しみなく
感銘深く旅行者に与えてくれる処。

28　熱海の海岸

老いて、はるばる訪ねた熱海。
趣きも光景も皆、変ってしまっている。
昔の女大生が愛読した『金色夜叉』（尾崎紅葉の小説）。
富豪の息子、貫一と
その許婚《いいなずけ》だった娘、お宮の恋物語は
女大生の心を悩ます涙、涙の有名な本。
海岸に当時の面影はなく、皆々お土産の店ばかり。
お宮を貫一が足蹴にした海岸の散歩は人生と共に遠去かり
追憶の涙が熱海の海岸を慰める。
懐かしの熱海よ。鈴木妙子さん、その折りの友人よ。
今、何処の空で心を慰めているか。
『金色夜叉』の本も何処かへと流れてしまったけれど
熱海よ、青春の日と共に永遠にあれ。

1992年1月24日　熱海にて

29　九州、福岡の同窓会

半世紀の歳月が過ぎ去った。
懐かしい友達よ、久しぶりにイロハ島の集りに行く。
井上さん、松前さん、高田さん
三好朝子さん、扶原フミ子さん、松枝恵美子さん
東京または九州地方に住んでいる友達が集まって同窓会。
海の島で
夜空に花火会の華やかさ。
目の前にホタルの光が飛び交って
昔話に夜が更ける。
いずれも老いの皆さんの
昔語りに夜が更ける。

30　ホタルの光

ホタルの光に
友人達の懐かしい話を思い出す。
人生は若い時代が尊いもの。
ホタルの明るい光が
この歳になって心に浮ぶ。
恋しさで
友人達の喜びの表情が心に映し出され
寂しくなる。
ホタルの明るい光に
過ぎ去りしその日の友人達の思い出が写し出され
この胸を痛ませる。

31　夢の旅行

眠りから覚めると
懐かしい、恋しい。
あの東京の都が浮んでくる。
また九州の、福岡の
友人達も追憶から甦ってくる。
歴史ある名所を思い出し、旅した時代が懐かしくて
寂しくなり
しばしの間、言葉を失うことがある。
村山先生。舎監先生の暖かき恵みが私を涙ぐませる。
友人達よ、今何処。
都の青空の懐かしさ。
銀座の柳の下へ、新宿の細き路へ
夢の旅行に行きたいと願う。

1996年3月 奈良の法隆寺にて。孫と一緒に。

32

古稀の日光への旅

日本の日光は名所である。
日光を見ずんば、けっこうと言うなかれ、
という格言の如く日光は、すべてがけっこうな処である。
歴史は長く、先進文化は心を動かす。
日光から奥日光へのバスに乗り
しばしの間、山の中の森林を走ると
美しいホテル街が旅人を迎える。
丘にあるホテルと対照的な、美しく静かな中禅寺湖が
一幅の日本画のようにさざ波を見せている。
火山の爆発により出来た湖水で、自然の神秘的な絶景に感激する。

鏡と見まごう中禅寺湖のさざ波の如く
涙となってあふれるこの懐かしさよ。

33

中禅寺湖の神秘

奥日光の中禅寺湖のさざ波は
まるで日本の女人の着物を思わせて
とても美しく静かな姿に見える。
湖水の静寂と、さざ波の調和が驚くほどに美しく
詩の国を連想させて映る中禅寺湖の神秘よ。
あゝ、詩の国よ、青き空の白雲よ。
憧憬《あこがれ》よ、心の鳩よ、飛んでゆけ。
山の中に、丘の光景に
麗しい湖水の囁きに、感動する。
追憶が慰めてくれる日光よ、中禅寺湖の神秘よ。

34　都の地震

思いもよらず建物が左右に揺れる。
机も椅子も、ぐるぐる廻る。
スピーカーが唸って「動くな、外に出るな」と叫ぶ。
舎監先生の大声にびっくりし
座布団を頭にのせて机の下に隠れた。
その出来事が今も思い出される。
あゝ、地震の怖さ。生れて初めての、身ぶるいした大地震。
土壇場になると、古里の父や母に助けを求めて叫ぶ。
上級生の姉君は「運命にそむくな」と大声。
でも安易な運命論者にはなりません、と私は声に出さずに呟く。
しばしの後に揺れは止み
みんな再会の喜びでお互いに抱き合いつつ泣いていた。
地震は悲しい。
再び地震が起きないで下さい、と祈る。

35　江戸・東京の春

大地の蠢き。万物が蘇生する。
春の囁き。丘に野辺に色とりどりの花が咲く。
満開の桜、木蓮、タンポポに
ツツジにレンギョウ、みな花が咲き
自然の法則は正確なるもの。嬉しく楽しい夢の春風。
暖かき、そよ風よ。
吹けよ、吹けよ。
江戸・東京の春よ、都の花々よ。
冬の雪が降らぬ都の春は暖かい。
希望の都の春は忘れられぬ。
春の衣替えに銀座へと
よく行きし友、鈴木妙子さん、日野伊勢子さんの姿が心に浮かび
今年も春のそよ風は
寂しき心情を思い出させて吹き抜ける。

1996年6月4日　木浦高女16回生クラス会　イロハ島にて

36　イロハ島の夏

窓を開ければ、新緑の香りが優しく微笑する。
小川を流れる水の音がして、朝の光が金色に輝いた。
青葉の色が初夏の催しに流れる時間の速さを感じさせて
しばし戯れる夏の輝きよ。はるか向こうの
森の風の音に耳を澄ませば、心は楽しき昔を次々と
走馬灯の如くに懐かしく思い出し
昨日も今日も勿忘草《わすれなぐさ》が心の中で風になびく。
待てばいつか再会することでしょうよ。
その時まで
忘れないで下さい。
佐賀県のイロハ島の水辺よ。

37　神田の秋

天高く馬肥ゆる秋が来て
コスモスが風になびく野原。
落葉を踏む歩みの音も
昔の思い出を語り始めている。
虫達の寂しい鳴き声も聴こえる秋の夜更けには
錦衣還郷の夢に熱心な
勉強虫達の姿が思い出される。
都の青い空の下で
夢と希みを持って思慕していた角帽達よ。
神田の街の彼氏達は今、何処に。

38　東京の冬

都の冬は雪が降らない。
いつも暖かい処だったから
一幅の絵の如き銀世界が
恋しくなりし都の冬。
短い冬休みは古里に帰省出来ず
寮の生活の中で正月を楽しむ。
異国のお雑煮を、冬ごもりを楽しむ。
日本橋に、握り鮨に
銀座の鰻、蒲焼に
毎日の如く友人と一緒に訪れて
忘れられぬ都の冬休み。
追憶の冬の都は
若き学生達を暖かく慰めてくれた。

39　学窓の夏休み

東京の夏休みになると
七月の暑さも忘れて帰国の準備に忙しい日々。
東京駅には学生達のために汽車の切符一枚の価格で
別に三日分、無料で乗れる切符があった。
古里に行く間に途中下車して
名所の観光も出来る三日間の旅。
しかし脇目もふらずに古里への旅路。
八時間揺られる玄界灘の連絡船も忘れられぬ思い出だ。
古里へ帰る祝いのにぎやかさに
隣り近所の人々の喜びの顔。父の喜びの涙。
思えば涙ばかりが追憶に残る、にぎやかな夏休みの楽しみ。
若き夢は、皆んな何処で眠っていることでしょうよ。
懐かしい学窓時代の夏休みよ。

40　母の思い出

バラの花見れば思うかな、亡き母の思い出話。
いつも土壇場になると、遙か遠くから
忍べ、と聞こえてくる母の涙声。勇気を出せ、と慰めの父の叫び。
父よ、母よ。終戦の八・一五が来て
咸鏡道《ハムギョンド》から徒歩で二〇日間を
歩いて南下した苦難の試練は忘れ得ぬ悲劇であった。
心痛める追憶は涙の泉になる。
致し方ない試練の日々であったけれど
過ぎ去りし日を思えば
驚くほどすべてが変ってしまっている。

41　再会の日まで

呼んでみたとて泣いたとて
答えず帰らぬ我が夫。
習慣的にいつも渋い苦笑いの夫が心に浮ぶ。
速き流れに、むせび泣く日々よ。
夫が戻るのは、いつの日ぞ。
戻って下さいよ、と両手を合わす頼りなき日々よ。
友よ慰めて下さいよ、と叫びつつ暮れてゆく。

都の友人よ
厚き友情は忘れられぬ。
いずれの青い空の下で
再会の希望を忘れないで下さい。
都の青い空の下で
再会の日までお元気で。

42

六・二五の悲劇

月の光を頼りに広漠の曠野を一人で歩くわびしき夜。
いつの日も忘れ得ぬ、若き夫の面影よ。
六・二五韓国戦争、北朝鮮に拉致されて帰らぬ夫よ。
幾十年が流れても戻れない夫、
司法界の東京高試のために
勉強虫の代表は、今
何処の空にて思索に耽ることでしょう。
遙か遠き父の叫び。忍んで耐えよ、と。
母の泣き声。勇気を忘れるな、と。
六・二五の悲劇の運命が
風と共に去っていった後も哀しい夜は
更けてゆくばかりで終わりが来ることはありません。
再びこんな悲劇がないように、と
今夜も祈りつづけるしかないのです。

43　乙女の心に映った文明

懐かしき都の東京。初めて見学する常磐寮（寄宿舎）。
暖かく品位のある優しい村山常子先生は真の徳を保った先生。
設備が機械化されていることに乙女は驚き
寮内全体が電気とボイラーと水洗式の、一つの不便もない処。
至るところが進歩的であり文化的でもあった。
図書館、音楽ホール、静かな看護室、銀行もあって
ボイラー炊きの風呂、立ち机に椅子。勉強室まで完備されていた。
ハワイ学生五名、中国学生五名、台湾学生三名、朝鮮学生三名
を合わせて二五〇名の住居、綺麗で安心感のある印象深い常磐寮は
今でも慰めの追憶である。

44

先生の面影

おだやかな新緑の微笑み。青空の香り。
雲の流るる休日の早朝に
近くの広き外苑を散策するのは寮の友人との楽しみの時間であった。
その追憶が、なぜか心を悩ませる。
歯切れの良い日本の言葉を使う学生さん、と
いつもほめて下さった村山舎監先生。
暖かい印象と真実《まこと》の徳を持つ女性である村山常子先生。
正しき品位の先生を
この歳になっても忘れられぬ。
先生の品位ある面影が記憶の中に、はっきりと残る。
先生!
追憶に大声を掛けてみます。

45　グノーのセレナーデ「夜の調べ」

グノーのセレナーデは静かなメロディ。涙ぐましい歌の調べ。
夕辺遙かに胸に聞けば、心は帰る楽しき昔に。
寮内の運動場のベンチに休みつつ
セレナーデに慰められる。
ひとときの若さも時々あやなす雲の如く
君の歌声を聞けば、心は帰る遠き昔に。
歌え君よ、笑《え》めよや君よ。
恋人よ、永久《とわ》に。
浅草の貧しき下町に隅田川は流れて
貧しき暮しの舟人達は
風流の詩《うた》を歌いつつ心を慰めていた。
町の人達が語り合う姿が瞼に浮ぶ。
隅田川の静かなさざ波の上で舟歌が心を慰めてくれた。
舟人達よ幸あれ、と祈る。

46　黄昏の夕辺

流氷の如く去りゆく歳月。
しばしの時をベンチに座り
空に流れる美しい白雲を眺めつつ
慰められる夕暮に
心は昔に帰ってゆく。
明るい微笑みで近寄る昔の君よ。
思索に耽る君は今、何処に。
去りゆくは人生の法則。自然の原理。
それなのに
わびしい追憶を慰める
黄昏の夕辺よ。

1945年　夫の金占碩

47　夫の無事の帰宅を祈りつつ

若き日の希望と夢と自慢の勇気はいったいどこへ行ってしまったのか。
若さのあまり無鉄砲で勇気のあった実践女子大のガリ勉少女達十二人。
そして釜山裁判所のガリ勉判事や検事達十二人。
この、グループ同士の
ラブレターのような手紙が
東京と釜山の間を行き来していた。
電話も無かった時代に、手紙は若い男女達のロマンスだった。
その手紙が寮の生活指導の先生に見つかってしまい、呼び出されて怒られた。
胸の痛む思い出だが、それがきっかけで
後日、私の夫になる人との交際が始まった。
今どこにいるのだろうか、愛するあなた。
いくら待っても帰ってこない。

見つからないまま。どこにもいないあなた。
過ぎ去ってしまった愛。

永遠に忘れられない集団ラブレター事件。
若い検事達に送る手紙に文才を競い合った女子大生達の
とてもロマンチックに書かれた文章。
それを知った生活指導の村山先生が丁寧な謝罪の手紙を釜山に送り
釜山裁判所の上司からも手紙が来て
ついに集団ラブレター事件は幕を下ろした。

愛も青春も、歳月の中で虚しく流されていってしまう。
愛しいあなた。
両手を合わせ、あなたが無事に帰って来ることを祈る切なさ。
歳月は一日一日と過ぎてゆき、何年待っても帰って来ないままのあなた。
昔々のこととなった切ない思い出だけが天と地の間を行き来する。

48　春の上野公園

心わびしく寂しい時に、いつも
東京の追憶に慰められる夕暮。
うららの春の上野公園の美しい桜会に出掛ける。
初夏の訪れには小川の水の
その音の囁きに誘われて玉川辺りを散歩する。
秋になると涼しくなり
次第に散策は、わびしく寂しいものになってゆくが
青き秋の空、清き外苑に代々木ヶ原の麗しさ。
笑顔の友達と神田の本屋に再々行った。
舟人の歌声の神秘を思いつつ
友と遊びに行った春のうららなる追憶の隅田川。
恋しき友よ、今何処。
いとしの君よ、今何処。

49　お悔やみの言葉

二〇一一年三月一一日。
日本国、東北地方、福島県。
地震と津波、哀れなるニュースを見ました。
悲しく涙ぐむばかり。
津波の犠牲者と被害者達に
心からお悔やみの言葉を申し上げます。

50　津波の涙

知らせもなく寄せてくる津波。
びっくり慌てる子の動き。
海辺の荒波。俄雨の如き津波に、若き母の
父よ母よ、と呼びつづける声。
呼べど答えず。神様、助けて下さい。
暮れるまで戻らぬ、去りし我が子よ。
運命を断つような絶望はない、と耐え忍び
くじけないで、と勇気を出せども津波は答えぬ。
悲惨なる悲劇よ、哀れよ。
終日止まぬ、若き母の涙。
我が子よ、幼き我が子よ。
泣いて、また泣いても
帰らぬつらさに
津波の悲しさよ。

51　哀れなる仙台の友人よ

テレビに映る津波の悲惨。
仙台の友、井上恒子さん。親切な我が友よ。
渋谷の常磐寮にて共に過ごした日々を思い出します。
東京の地震で座布団を頭にのせて
机の下に入った記憶が回想されて涙ぐみます。
恋しき友よ。追憶に泣きつつ
友の安全を真心こめて祈りました。
あゝ、津波は遠く去りました。
人生は明日があるもの。
夜が終われば必ず朝が訪ねてきます。
友よ、勇気を出して下さいね。
頑張りましょうよ。
冬来たりなば春遠からじ、と言うでしょう。
幸あれと、お祈り致します。

52　富士山

連絡船が下関に到着して
東京行の山陽線に乗り換えると
走る沿道に田舎町が映る。
整頓された田や畠が絵のような風景であった。
黄色いミカン林を過ぎると静岡市。
しばしの間、遙か遠くに富士山が見える。
美しく雄雄しい山。絶景である。
八方美人の如き姿に驚く。
日本国の誇りである富士山は美しい。
何処の方角から眺めても八方美人の山であった。
学窓の折り先生、友達と一緒に
富士山の五合目まで登った。
登りて映る眺めは別天地の如く良き思い出だった。
樹木林は雪国が連想され

白樺の群生する風景は何にも比べられぬ景色で驚愕した。
追憶に残る豊かな調和の風景、
雪の国に聳え立つ富士山、
その美しさ。
すっかり齢を重ねた今も富士山の美しい眺めが目に浮ぶ。
あゝ追憶よ、懐かしさよ。
忘れられぬ美しき風景であったと
若き日の、眩しい追憶である。

53　七里ヶ浜の鎌倉

招待されて鎌倉にゆく。
七里ヶ浜の鎌倉は落ち着いた日本的な町であり
友達と一緒であったにもかかわらず
格別の親切が記憶に残る。
夕辺に静かに浮ぶ走馬灯の如き追憶よ。
乙女の瞳にうるむ涙の如き思い出よ。
いつの日にか、その友人達との再会が可能でしょうか。
寂しい追憶。限りなきこの老いの慰めの追憶よ。
友よ幸あれ、と祈る。

1942年8月3日 平壌乙密台にて。朴玉璉(左)、朴金璉(右)

54　初夏の頃

青麦が過ぎて、麦の熟する麦秋の夜には
せせらぎの水音の囁きと光の輝く青葉の朝が待ち遠しい。
硝子の窓辺に新緑の微笑み。
大空は緑の香り。
眩しい望みと勇気の朝に
明朗なる歌声が響く時、常盤寮の中が
皆、初夏になり、壮快である。
常盤寮の初夏は古里に帰る夏休みが待ち遠しくなってくる時季だ。
古里は私の思いを包み込んでくれる暖かい慰めだったから
夏休みの帰省が、ほんとうに待ち遠しくて
そんな思いを抱いたまま
すぐにでも走って行きたかった。

55　瞼に浮ぶ友

夕暮のひととき、瞼に浮ぶ友。
日野伊勢子さん、新潟県の鈴木妙子さん。
今、何処におられますか？
感傷的で優しかった文学少女の彼女達。
水の流れの如くに歳月は過ぎ去ってしまいました。
再会の日が訪れるのは、いつのことか。
あゝ、互いに手を取り合えた喜びの追憶が
今日の、この心を寂しくするのです。
皆さん、お元気でしょうね。
外苑の散歩も、玉川辺りで遊んだことも
おいしかった握り鮨も皆、思い出に残っています。
あゝ、追憶が、この胸を痛めつつも慰めになりました。
皆様、健康でいて下さい。幸いでいて下さい。
老いた身の祈りです。

56

東京娘の初恋は

東京娘の／東京娘の　初恋は／燃えてほのかな　シャンデリヤ
狭い銀座の　たそがれも／ふたり歩けば夢の園
おお恋の夜　恋の夜

（「東京娘」佐藤惣之助作詞　古賀政男作曲）

寮生活の乙女に、この歌は
古里が恋しくなった時に慰めてくれる春の歌。愛唱歌でした。
戻って来て下さい、友達よ。
乙女達よ、剛山に再び花が咲けば
新しき今の夜を歌いましょう。
皆んな、踊りましょうよ。
春の歌を声高く
歌いましょうよ、歌いましょうよ。
麗しき歌の調《しらべ》です。

その友人、今、何処に？
懐かしきいろいろの追憶が心を打ちます。
貴重な慰めの追憶。
戻らぬ若き頃の、その日々。
遠き昔の古里の家路が瞼に浮びます。
いつも歌の調べが慰めであった学生時代が
親しき友達を呼び起こします。
永久に幸あれ、と
両手を合わせてお祈り致します。

57　夜が尽きるまで

合同講義の時間は誰もが一心不乱の筆記で忙しく
まったく余念などない時間であった。
そんな学窓の時代が今日も浮かび上がる。
神田の本屋街に集まった角帽の群れや
新宿にあった光音座という劇場も懐かしく
毎晩、消灯の時間になると買い求めた懐中電灯の光で勉強し
遅くまで読書をしていたことが思い出される。
トルストイの『アンナ・カレーニナ』『戦争と平和』、ビクトル・ユゴーの『ああ無情（レ・ミゼラブル）』、モーパッサンの『女の一生』、マーガレット・ミッチェルの『風と共に去りぬ』、パール・バックの『大地』、尾崎紅葉の『金色夜叉』、夏目漱石全集に世界文学全集……。
読書に一生懸命になっていた学窓の時代、それは眠る時間を惜しみ
夜が尽きるまで読みつづけようとした若き日々である。

58

懐かしき歌の調べ

常磐の松の下かげに
開くをしへのには桜
君がめぐみの露浴びて
にほへやしまの外までも

（実践女子大学校歌　下田歌子作詞）

註：やしま（八島）は八つの島。日本国は八つの島である。

東京の学窓を終えて、早や七十五年が去りしこの老いの身にも
友人と合唱した校歌の記憶が追憶として残る。
学窓での努力と忍耐、勇気が
今も追憶の慰めになる懐かしき友人達よ、懐かしき歌の調べよ。
何処かで、お姿はお変わりなられていても
幸福なることを両手を合わせてお祈り致します。

59　古稀の母校訪問

古稀の折り、渋谷にある母校を訪問し
感慨無量で涙があふれた。
街は昔と変わりなく、母校の近くのポプラの木も昔のままで
手入れも行き届いて鬱蒼と茂り、涼しそうであった。
二五〇人が住んでいた常磐寮は移転していて
今は国立図書館として新築するため工事中だったけれど
懐かしい昔が私に話しかけてきてくれた。
軽く涼しく吹くそよ風よ、若き頃を描いたように青い東京の空よ。
目に浮ぶ思い出の数々。いつの間にか七〇年が過ぎ
風と共に去っていった女子大生時代、その日に帰ったような気持ちだった。
運動場の向こうに露で濡れた常磐寮が見える。
一緒に通った友達の、生気のある瞳と輝くばかりの姿が見える。
恩師の厚情が甦ってくる。
老いた身が一人、追憶に視線をさまよわせながら涙を流す。

1990年6月 実践女子大学の恩師（中）と妹の朴金漣（右）

60　水彩画

東京の国展。年に一度の美術展覧会である。
世界的に有名な美術展で
画家達の選出された作品が展示されていた。
賑やかな展覧会で、会場では水彩画が多かったように思う。
一緒に出掛けた舎監の村山常子先生は紋付の和服姿。
美しくて上品な村山先生の解説を聞きながら
一つ一つの作品に驚きつつ鑑賞した思い出が今も残り
去りし昔が、瞼に浮んでくる。
先生の面影が懐かしく、友達が恋しい。

61　九州、福岡の嬉しさ

日本国福岡市のホテル。木浦公立高等女学校の同窓会の大団体による招待であった。昼食後に余興の時間が始まる。自由曲の歌または指名の歌であった。同伴の妹が指名の歌「木浦の涙」、次に私が自由曲を歌い、連続の歌にアンコールがにぎやかであった。この光景を思い出すと涙が出る。

1　富士の山高く琵琶の海深し
2　男の純情
3　赤い幌馬車　君乗せて
4　酒は涙か溜息か
5　桜花咲く日本だ
6　グノーのセレナーデ
7　希望の囁き
8　見よ東海の海　空ぬけて

9　東京娘
10　国境の町
11　四月五日の軍歌
12　菩提樹
13　私のハトよ　とんでゆけ
14　オレンジの咲くところ　古里
15　椰子の実
16　秋の風
17　荒れたる我が家
18　昔の思い出　友よ
19　古里の思い
20　祝歌

祝歌が終わると同時にアンコールの拍手のにぎやかさが胸に響き
追憶の福岡の時間が心に残る。
ありし日の先生とご一緒の語らいの時を思えば
今も涙があふれて悲しくなります。

62　虫たちの昔話

去りゆく人は、日が経てば経つほど遠くなり
人生は何も持たずに来て、何も持たずに帰ると言う。
そう思うと悲しくて涙が止まらない。

私の場合、思いもよらずに長生きしてしまった。
長生きが許されている今、こうやって文章を書くことが
この老いた者の唯一の喜びであり、慰労だ。

懐かしい思いを映す、美しい夕焼けの空。
虫の音《ね》を聴きながら
そよ風に揺れる野原のコスモスを見られるのは幸せなことであるが
丘に生えている草は、何を見ることができるのだろうか。

かすかに聞えてくる草達のおしゃべりは

昔の私達のおしゃべりのように素朴だ。
自然の姿に、行き来する昔の仲間達の姿を見たような気がしてしまい
残された者の孤独と寂しさを感じて涙があふれた。
自然は私に勇気を与えてくれる。
私に懐かしい記憶をたどらせることで文章を書く力を与えてくれる。
私が出会った無数の草花。
遠くから聞こえて来る虫達の昔話。
耳元で囁く彼らの声が、今日も私を追憶に導いてくれる。
あゝ、学窓の時代。
渋谷の風景の懐かしさ。

63　父の涙

父から受けた恩恵の尊さは学窓の師からの恩恵に劣るものではない。
幼い二人の娘を残して逝ってしまった母に代わり
娘たちの養育に専念してくれた父の人生。そんな父が流した五度の涙。

一度目は小学校を卒業した私が
韓国の木浦公立高等女学校に合格した時
朝鮮人の受験生十八人のうちで一人だけという競争率での合格だった。
私は、この時まで父の涙を見たことがなかった。
二度目は高等女学校卒業後に十七歳で私の東京留学が決まった時
父は、喜びと寂しさの入り混じった涙を流していた。
三度目は私が嫁ぐ時だった。
四度目は私の夫が遠い咸鏡道の清津市（現在は北朝鮮領）に転勤した時
五度目は一九四五年八月十五日に戦争が終わった後、徒歩で二十日間かけて
九死に一生の思いで南下してきた私達を見た時

この時からの一時期、父は涙ばかりの日々を送っていた。
父は慈愛に満ちた暖かい人だった。
父が流した涙は私にはつらく悲しいものだったが
その暖かい声は今日までの私の人生を支えつづけてくれていたのだ。

64　平壌（現北朝鮮首都）赴任時のこと

一九四一年、私の夫は裁判所検事として平壌裁判所に人事異動となった。
平壌駅に到着してすぐ、歓迎会があり
足の踏み場もないほど人々でごったがえしている駅前の広場に席が設けられた。
中央一列目の席には裁判所の判事、検事、および職員。
二列目には警察官。三列目には憲兵が整然と並んでいた。
腰に剣をつけた憲兵たちは整列すると
代表が大きな声で「敬礼！」と号令をかけ、礼儀を示す。
裁判所、警察、憲兵の順で赴任を祝う祝辞が述べられ、祝辞が終わると
新しく赴任した検事が答辞を読み、各代表と握手を交わした。
儀式は簡単だったが厳かだった。日本帝国主義時代の慣例的な儀式であった。
今、その日を回想して涙を流す。
夫と一緒に過ごした平壌の、最初の日の出来事であった。

65　一九四一年の平壌

平壌は、私には印象深き処であった。
美しく整えられた静かな都市で
南男北女の言葉の如く美人が多かった。
美しい衣装を身に着けて化粧した女性達の姿が
今でも鮮やかに瞼に残る。
平壌は生活のための物品が豊富で暮らしやすい処であった。
懐かしき平壌よ、また逢いましょう。
文化の都市であり文学の都市である平壌。美人の多い都市、平壌。
美しき平壌よ、永遠に幸あれ。

66　一九四五年八月一五日　光復を迎えた日

韓国では
日本統治から解放されて光が戻った日、ということで
終戦記念日を光復節という。

光復！
一九四五年七月二三日、私は
咸鏡道―現在は北朝鮮領―という処で二番目の娘を出産し三週間後、
至城病院の李院長先生の紹介で行った温泉町で終戦を迎えた。

李先生は、この五年後に起こった六・二五韓国動乱の後
北朝鮮の政府で厚生省長官を務め
その奥さんは社会党党首・呂運亨の養女であった。

私の夫に李先生は「私が保護してあげるから南に行かずに、ここで

一緒に暮らそう」と言って下さったが
同年九月初旬、混乱の中を南の故郷に帰ることに決めた。
そして、歩いて吉州明川という所まで行き
そこはすでにソ連軍の占領地域であったが運よく通過、しかし
城津で汽車を待っていた時、ソ連軍に捕まってしまった。

私達は城津検問所の調査室に入れられた。すると
将校として働いていた若者が夫を見るなり「こんな奴が検事だって？」
大声をあげて私達を部屋の外へ押し出してしまい
わけがわからず呆然とする私達に小さな声で「早く逃げて。危ないですよ」
検事局の将校であった彼は夫のことを知っていたので助けてくれたのだった。
彼の機転のおかげで難を逃れた私達は再び南に向かって歩いた。

歩きつづける中、石炭を積んだ貨物列車と出会えた時には乗せてもらった。
遠くまで行く貨物列車に出会えるのはまれなことであり
遠くまで行かない貨物列車でも、出会えるだけで充分に幸運なことだった。

乗る場所がない時は貨物列車の屋根に登った。
落ちないように赤ん坊のおむつで互いを結び付け、死にもの狂いで南下した。
列車がトンネルに入ると、列車が吐き出す石炭の粉と煙とで
子供達の息が止まってしまった。生と死の悲しく残酷な境界線であった。

意識が戻らないままになった子は
松の枝を折って被せ、線路の脇に埋葬した。
家族が生き残るための、無残な別れ方であった。

貨物列車との出会いが失せたまま、私と夫は南へ南へと歩きつづけた。
二十日間歩いて辿り着いた38度線だったが
この時38度線から北はソ連軍のものになっていた。
私達は38度線を越えて南下しようとしたがソ連軍に追われ
京畿道連川の民家に隠れて心臓が破裂してしまいそうな夜を過ごした。
無事に夜が明け、必死に臨津川を渡って連川から議政府に進んだ。
傷だらけ、血だらけ、埃だらけで言葉に出来ないほどみすぼらしい姿だったが

京城法院（現在のソウル法院）を探して歩き
ようやく申告をして安堵したその日を思い出すたびに涙する。

九死に一生の思いで難関は乗り越えたが、失ったものはあまりに大きい。
城津検問室で私たちを救ってくれた、あの若い検事局将校殿は
今、何処にいらっしゃるのだろうか。
会って感謝の言葉を申し上げたいと、ずっと思いつづけている。

67　夫の生死確認

一九五〇年。アメリカのスパイが北朝鮮に行く時、機密文書が押収された。

この機密文書は一九五〇年一〇月一五日付で作成されたもので、北朝鮮側が韓国で拉致した六五三人の氏名が書かれていた。これは韓国に捕虜として捕えられた北朝鮮兵士達の返還要請を行う際に使用する目的で作られた名簿であったらしく、名簿の中にはローマ字と漢字で私の夫の氏名と拉致日時、家の住所などが詳しく書かれていた。

これは当時CIAの機密文書とされ、公開されることなく五〇年後にようやく機密文書の扱いを解かれたもので、六・二五韓国戦争北朝鮮拉致家族協議会の支援の下に北朝鮮側に確認を要請したが、結局は〝生死確認不可能〟という返事が来ただけであった。

私にとって戦争から今日までのこの長い歳月は、荒波の海を航海する船のように、平穏とは程遠い絶望と苦痛を乗り越えつづけるだけの日々だった。

苦しい時、その度ごとに夫から教わった勇気と忍耐の努力が、私に九死に一生の幸運をもたらしてくれた。今はただ、そのことを感謝したい。

〈資料〉

朴玉璉《パクオクリョン》に送られた級友からの手紙

少し寒いです。お元気ですか。私は交通事故の後遺症で今のところ困っています。足がフラフラするので一寸こわいようなこともあります。

三月七日と八日の二日間、私どもの婦人会で旅行に行きましたけれど、ふらふらしてけがでもしたらと思い不参加にしました。若ければ頑ばるのですけれど、やはり一寸こわい気がしてやめました。あなたはお変りございませんか。私も日が過ぎればよくなるのではないかと思っています。この間は、色々な物をたくさん送っていただいてありがとうございます。いつもおいしいもの等、たくさん送って下さってすみません。お菓子もなかなかおいしいです。今度も素的なブラウス、セーターなどありがとうございました。お菓子もよいお味です。

今日、資生堂の化粧品を送りました。
ソウルは近いので早くつくでしょう。あなたはいつもいつも文章もお上手だし、字もお上手だし、いつもお手紙をいただくたびに感心してしまいます。

韓国ののりは本当に品物がよいのです。お友達にも分けてあげています。かおりが違うのです。


あなたの文章、何度も読みかえしています。私達でもこのような文章は書けなくなりました。いつも勉強をしておいでなのでしょうね。感心いたします。

お互いに体に気をつけていきましょう。お会い出来る日がくることもあると思います。


この前、本箱の整理をしていましたら、お孫さんの写真が出てきました。私の主人といっしょの写真です。あの頃のことを思い出しました。お孫さんはもう立派になられたことと思います。純真な方でしたね。よろしくお伝え下さいませ。

妹さんはお元気ですか。お友達にもよろしくお伝え下さいませ。

お互いに体に気をつけて長生きをするよう努力いたしましょう。

ではまた、一度お会い出来るといいですね。

では今日はこれで。またお手紙を書きます。
桜もそろそろ咲くことでしょう。隅田公園の桜はとてもきれいですよ。お体に気をつけてお過ごし下さいませ。

かしこ

二〇〇四年三月八日

信野喜久拝

朴玉璉様

1996年3月　信野喜久（右）

朴さん

御手紙有難うございました。カード素晴らしいのを頂きましたのに、昨日は手紙を頂きましてびつくり致しました。とてもきれいな字で、ひらがなもあり、女学校時代を忘れずに感心致しました。

貴女も二ヵ月も入院された様ですが、その後如何ですか？　どうぞ無理をしない様にして下さいね。

貴女、七拾の古稀の時、東京の母校を訪ねましたと書いてありましたが、東京の学校にも行かれましたのね。知りませんでしたけど貴女はとても偉いしつかりした方だと思い尊敬します。

わかば会もなくなり、さびしくなりました。

私も七年前に足（右足のひざの所を小手術しました）それから杖《つえ》をつき、でも歩ゐてますが、さつさとは歩けませんので注意しながらです。私共の年令になると皆さん具合が悪くなりますよ。杉尾芳子さん乳ガンの手術（十年ばかり前）河野扶美さん（美容院してましたが現在点滴《てんてき》必要で入院中）杉枝さんも突然具合が悪くなり鹿児島にいる娘さんが連れて行き、高田守さん百姓《ひやくしよう》してたのに今は床に寝たきりで字も書けないそうです。近くにおられる娘さんのところに来た私に電話がかゝつてきます。

長野県のクラスの時は出席してましたのよ。

私も一人娘しかいないので神戸のこの家に来ましたが、とても頭のいゝ主人がいますので、あまり優しい言葉もありませんので、長崎県の川棚の妹もすぐ側に住んでほしかつた様に思ひますが致し方ありません。

貴女とお会いして積る話をしたいですね。

お互ひ、これから年令も進みますので体を大事にして頑張りませうね。鄭さんは元気でせうか？

中村咲子さん名古屋で近いのですが彼女、手も足も不自由で息子さんの嫁さんの世話になつてるそうです。

今井文子さん元気です。

貴女の素晴しい手紙を皆に見せてます。

私も書けない漢字等でびつくり感心してます。

貴女は本当に偉いですよ。

太田良子

1996年6月3日　第13回わか葉会総会　京都新都ホテル

1990年6月　太田良子(右)

解説

悲しみを希望に代える追憶の力

朴玉璉詩集『追憶の渋谷・常磐寮・1938年

――勇気を出せば、みんなうまくいく』

鈴木比佐雄

1

朴玉璉《パクオクリョン》さんは、1921年に全羅南道木浦市に生まれ、1938年の十七歳の時に来日し、東京の実践女子専門大学に入学し、渋谷・常磐寮に入居する。この場所から朴さんの歴史に翻弄される人生が始まるのだが、それでも気高くそして感動的な人生が始まっていく。現在の渋谷は日本を代表する若者たちが集まる繁華街であり、渋谷のスクランブル交差点は日本の名所の一つになってよくテレビに映し出され世界中に発信されている。七十八年前に若い朴さんがこの渋谷駅に降り立った時には、きっとどんなにか心細かったろう。けれどもこの詩集を読めば分かる通り、常磐寮の先生や友人たちとすぐに打ち解けていく。朴さんの日本語能力は木浦公立高等女学校時代に培われていたのだろう。既に日中戦争は始まっていたが、まだ戦時色は強くはなく太平洋戦争直前の三年間の日本留学を「追憶」していくことが、朴さんに詩を書かせた力になっている。

今年の10月中旬頃にかつて柏市の韓国語教室でお世話になった李垠《イウン》松《ソン》先生から、ソウルの朴玉璉さんという方が日本語で詩集を出したいと願っているので、原稿を読んで欲しいと連絡があった。早速、原稿の一部を拝読した。すると戦前の１９３８年にタイムスリップし、十七歳の朴さんに成り代わっていくような不思議な「追憶の力」を感じた。朴さんにとって日本留学の思い出は、様々な出会いと知識を得た掛け替えのないものであった。また後に夫となる法律家の金占碩《キムジョムソク》さんとの出会いは、劇的なラブストーリーである。それゆえに夫との不条理な別離は読者の胸を抉るだろう。若い頃の写真に見る朴さんは、一途な思いを秘めた可憐で貞淑な乙女であり、その面影が晩年まで変わることなく残されている。優しく穏やかな風貌の中には、全てを許容し苦しみを希望や勇気に代えていく強靭な精神が秘められていたのだ。その朴さんの胸の奥深くに封印されていた「追憶」が九十歳頃から溢れだして、七十篇ほどの連作詩が生まれた。その中で重なっている二篇を除いた六十八篇（序詩を含む）が今回の詩集となった。ただ手紙を書く以外は、七十年近く使用していなかった日本語であり、内容に即した校正・校閲・監修作業を私がさせて頂くこととした。

2

十一月二日に朴さんの娘さんの金美恵子《キムミヘジャ》さんと夫の高奉勲《コボンフン》さんが来日し、コールサック社を訪れてくれて、李垠松先生の通訳で詳細な編集や造本の打ち合わせをした。その夜に会社近くの小さな料亭で鍋物を囲むささやかな夕飯をともにしながら、朴さんに関する話をじっくりお聞きした。その席で金美恵子さんは〈45　グノーのセレナーデ「夜の調べ」〉をフランス語で歌ってくれた。朴さんは何度も金美恵子さんたちに歌って聞かせていたので、いつのまにか覚えてしまって暗唱できるのだそうだ。シャルル・フランソワ・グノーは十九世紀のフランスの作曲家でロマン派の大詩人ヴィクトル・ユゴーの詩「セレナーデ」（小夜曲）に曲を付けて世界に広まった。日本では、1935年頃に「夜の調べ」という題名でソプラノの関屋敏子のレコードがヒットし多くの人に歌われていた。その歌詞の一連目を引用する。

あわれ　ゆかしき
歌の調べ
夕べ　はるかに
胸に聞けば
心はかえる
楽し昔
ああ
歌えや君よ
永久《とわ》に歌え
いざ　なつかし君
歌え
歌え　歌え　ああ永久に

（「夜の調べ」より、ヴィクトル・ユゴー・近藤朔風訳）

朴さんはその曲の原詩のフランス語を暗誦し、それを三人の娘さんに口移しのように伝えていて、その「夜の調べ」をその夜に聴かせてもらったことは、１９３８年に再びタイムスリップしたかのようだった。詩集の序詩「遠き昔の哀愁曲」は、ユゴーの「夜の調べ」に呼応したリズム感やそれに連動した哀切感が漂っている。

また金さんの夫の高さんは、家族・親族が苦境に立った時代に、朴さんの毅然とした助言が家族を救ったことに対する尊敬の念を話してくれた。朴さんの乗り越えてきた悲劇の経験が、きっと戦後の時代でも大きな示唆を与えたのだろう。

金さんたちご家族がなぜ母親の朴さんの日本語の詩集を刊行したいのか、その思いが私には痛切に理解できた。日韓の狭間で苦難の人生を歩んできた母の最も大切な「追憶」の詩篇を純粋に残し、まだ生き残っている友人たちや実践女子大学の関係者たち、そして心ある日本の人びとに読んで欲しいと純粋に願っていたのだ。朴さんは日韓国交回復五十周年であり戦後七十周年の今年に出したいと強く願い、命を削りながらこの詩篇をこの秋に書き上げたそうだ。私はご家族の思いを汲み取り、朴さんの「追憶」を気品に満ちた人生に相応しい詩集に仕上げたいとその時に強く思った。

3

序文の中で「初めて見た日本の風景は詩のように美しく、人々は礼儀正しく親切だった。忘れられない切ない追憶が私にはある」と語っている。また序詩「遠き昔の哀愁曲」では「親にもまさる師の君の／深き恵みは忘れめや」といい「交びし友人の厚きよしみは／忘れめや」と韻文で記している。また韓国の時調・民調の韻律、日本の短歌・俳句の韻律の両方が朴さんの心の奥底に刻まれていて、それがこのような韻文詩を生み出せた要因だろう。当時、日本は朝鮮半島を植民地化していて筆舌に語りつくせない苦難を与えていた。その帝国主義的な日本政府や軍部とは別に、一人ひとりの日本人の中の良き美点や、戦前の鉄道沿線の農村や渋谷・銀座・新宿・上野などの光景の美しさを朴さんは発見し書き記してくれている。国境を越えた友情や友愛を朴さんは、誰よりも信じて生きぬいたのだろう。十七歳の朴さんの眼差しになってこの連作詩篇は始まり、九十四歳の命尽きるまで続いていく。ただその「追憶」は朴さんの九十四年間の様々な光景も入り込んでくる。様々な「追憶」が重なり合って六十八篇で朴さんの人生の一篇の長編詩となっているのだと思われる。

朴さんの詩集を優先させて11月3日から編集・校閲作業などを始めた。私はなぜか急がなければならないと朴さんに言われているような気がしていた。3日、4日で原稿をほぼ確定し、入力・組版に回したのは11月10日だった。その翌日に李垠松先生から朴さんが亡くなったことを知らされた。私は一週間ほど朴さんの「追憶」の世界に浸っていたので、朴さんの死が受け入れがたかった。著者の朴さんに直接、手掛けた詩集をお届けしたかった。それが不可能になってとても悲しかった。けれども金さんからは母は日本で出版が決まったことを知らされてとても喜んでいたことをお聞きして、少し悲しみが薄らいだ。そのような経緯でこの朴玉璉詩集は刊行された。

朴玉璉さんの詩集は「追憶」の力によって、歴史に翻弄されて挫けそうになる時に、自らの弱さを奮い立たせ、それを強さに代え、現在や未来を生きる人びとにきっと勇気や希望をもたらすだろう。最後に詩「19　学窓のつれづれが」を引用したい。朴さんの魂がご家族や日韓の友情を願う人びとに降り注ぐことを願っている。

19　学窓のつれづれが

風と共に去りし勇気よ。
卓越な智慧よ、けわしい時節よ。
寂しき秋の夜は更けてゆく。
友達と古里の懐かしさ、夕暮に戯れている戻らぬ若き夫。
胸に聞けば、とわに忘れぬ姿よ。
またと去り得ぬ都の学窓のつれづれが心を悩ます。
昔の追憶が老いを助け
常に暖き友人達の友情が思い出になる。
皆さん御元気で。
更けゆく秋の夜に両手を合わす。

家族の言葉

金《キム》　美恵子《ミヘジャ》

この度私の母朴玉璉《パクオクリョン》の詩集が日本で出版されることとなり、誠に嬉しく思います。今まで私たち家族は、思い出の詩集出版のため、母の詩を一つ、二つ集めてきました。母は詩人でも、文筆家でもありません。ただ学生時代、文学を愛した文学少女であった母は、老年になってもその学生時代を回想し、思い出を日本語で綴る時間が多々ありました。今回の詩集はその思い出の集大成ということになります。

母は２０１１年より詩を書き始めましたが、特に今年２０１５年は終戦70年にあたる年であり、さらに日韓国交正常化50年になる年ということで、母には是非今年中に詩集を出したいという意思が強く、したがって、その意思を受けてこれまで書いた詩を収集整理する作業が始められました。

最初は日本語で書かれた原詩を韓国語に翻訳し、韓国で出版することを考えていました。しかし、詩を織りなす母の思い出が日本留学時代のものであり、そもそも日本語で書かれたものが韓国語になった場合、果たして母の残したかった思い出の片鱗がうまく伝わるだろうかという懸念が私たち家族にはありました。そこで、知人を通じて日本の出版社に打診していたところ、コールサック社の鈴木比佐雄代表に承諾していただき、夢のように思われていた日本での出版が現実味を帯びてきました。そして11月に渡日し、２０１５年12月に出版することを目標に鈴木比佐雄代表と出版契約を結ぶことになりました。出版契約が無事終わり、帰国して母に詩集出版に関して報告したとき、喜んでくれた母の顔を忘れることはできません。

ところが、今年94歳になった母はインフルエンザ予防注射の後遺症が原因で急性肺炎が発病、２０１５年11月10日、この世を去りました。もし母がもう少しだけ待っていてくれたなら、この詩集をめくりながら自身の94年間の波瀾万丈の人生をふりかえることができたと思います。しかし、それは叶わない夢に終わってしまいました。母は私たち家族が危機に置かれた度に、それを乗り越えられる知恵と勇気を与えてくれた人でした。そのような知恵と勇気を与えてくれる人はもういないと思うと、込み上げる悲しみを抑えることはできません。

最後に、詩集出版に際し、コールサック社の鈴木比佐雄代表には最大の協力をいただきました。このように貴重な機会を快く与えてくださったコールサック社の鈴木比佐雄代表、また出版社の紹介をはじめ通訳や連絡事務の仕事まで引き受けてくださった李垠松先生に心から感謝したいと思います。そして一丸となってこの詩集を心待ちにしてくれた家族及び全ての方々にこの詩集を捧げます。

1996年3月 日光にて。孫と朴玉璉、信野喜久（右）

朴《パク》 玉璉《オクリョン》 略歴

1921年5月9日 大韓民国全羅南道木浦市に生まれる。
1934年3月 木浦北橋普通学校卒業
1938年3月 木浦公立高等女学校卒業
　　　4月 実践女子専門大学家事科入学し、常磐寮に入る。
1941年3月 実践女子専門大学家事科卒業
　　　4月 検事であった金占碩と結婚し、11月公職が発令されて夫の勤務地の平壌で生活を開始する。
1945年 大東亜戦争終戦後に南朝鮮に脱出する。夫がソウル地方法院の部長検事となり、ソウルに居を構える。
1950年 1949年から弁護士を開業していた夫が韓国戦争の最中、北朝鮮に拉致されてしまう。
ソウルで事業を始めて、長女金智慧子、次女金美恵子、三女金英命を一人で育てあげる。
1990年6月 実践女子大学訪問。木浦公立高等女学校の同窓

会（第13回わかば会総会、京都ホテル）に参加するため来日。

1992年1月　来日し熱海の「貫一お宮之像」などの縁のある場所を訪ねる。

1996年　同窓会で旧友たちと再会するため、次女金美恵子と孫の高京津と一緒に来日し、常磐寮跡や東京の思い出の地や日光などを訪ねる。

2011年　日本語にて詩作を開始する。

2015年11月10日　詩集原稿や序文を書き上げて、詩集製作中に他界する。

12月　詩集『追憶の渋谷・常磐寮・1938年
——勇気を出せば、みんなうまくいく』刊行

金《キム》 占碩《ジョムソク》 略歴

1913年1月4日　大韓民国全羅南道新安郡慈恩面に生まれる。
1929年3月　木浦北橋普通学校卒業
1935年　東京都私立東海商業学校卒業
1938年　日本中央大学専門部法学科卒業
1939年　日本高等試験司法科合格
以降　韓国釜山、平壌、群山、清津の地方裁判所で検事を勤める
1945年以降ソウル地方法院部長検事
呂運亨暗殺事件など、重要な事件を担当
1949年　弁護士開業
朴興植弁護（反民族行為特別調査委員会　事件担当）
1950年　7月8日朝鮮戦争（6・25戦争）中、北朝鮮に拉致される。（1951年生存確認以来消息を絶つ）

1942 年4月 平壌にて

石炭袋

詩集『追憶の渋谷・常磐寮・１９３８年
──勇気を出せば、みんなうまくいく』

2015 年 12 月 26 日初版発行
著者　　　　　朴　玉璉
監修・発行者　鈴木比佐雄

発行所　株式会社 コールサック社
〒 173-0004　東京都板橋区板橋 2-63-4-209
電話 03-5944-3258　FAX 03-5944-3238
suzuki@coal-sack.com　http://www.coal-sack.com
郵便振替　00180-4-741802
印刷管理　（株）コールサック社　製作部

＊装丁　奥川はるみ

落丁本・乱丁本はお取り替えいたします。
ISBN978-4-86435-233-8　C1092　￥2000E